KB219611

어딘가에 있는,
어디에도 없는

글·그림 김민정

어딘가에 있는,
어디에도 없는

글·그림 김민정

도시속의 섬

사라지는 집

작가의 말

　아무런 정보와 경험 없이 백지 같은 상태로 처음 동네를 찾던 기억이 어렴풋이 떠오릅니다. 골목길을 무작정 걸어 가보고, 새로운 길을 찾고, 다녔던 길을 이어나가면서 서서히 동네와 익숙해지는 과정은 혼자만 아는 비밀처럼 소소한 즐거움이었습니다. 그러다가 주민을 만나 동네에 대한 이야기를 듣고 동네와 얽힌 드라마 같은 그들의 개인사를 듣게 되기도 합니다. 처음에는 백지상태였지만 제가 느낀 감정들과 그들의 이야기가 뒤섞여 머릿속에 밑그림이 그려지고 동네에 대한 인상이 만들어집니다. 그렇게 하나의 동네를 조금씩 알아갑니다.

　시간이 흘러 이제 매축지마을의 절반이 사라지고 온천장 재개발지역의 공가들도 모두 철거되어 아파트 공사가 진행되고 있습니다. 저는 또 다른 동네를 서성이고 비슷하지만 다른 골목길을 걸어 다니고 또 그곳의 경험을 그려내고 있습니다. 새로운 동네를 걸으며 자연스레 지나온 동네들을 떠올리고 비슷한 점과 다른 점을 찾아보기도 합니다. 주민의 동의를 얻어 낡은 집을 허물고 그 과정에서 갈등이 생기고 그럼에도 결국엔 아파트가 지어지는 과정은 한 발짝 떨어져 바라보면 어느 지역에서나 비슷해 보이지만 가까이서 보면 한 사람 한 사람의 역사가 모두 다르고 소중함을 느끼게 됩니다. 그래서 한편으론 빠르게 변화하는 세상 속 변해가는 풍경이 당연하게 생각되기도 하지만 다른 한편으론 그들의 삶이 켜켜이 쌓인 풍경이 사라지는 것이 여전히 허전하고 아쉬운 마음입니다.

그동안 동네를 다니며 만났던 주민들과 텅 빈 동네를 같이 걸었던 작가들, 재개발 지역 길고양이를 구조하느라 애쓰신 분들에게 감사의 인사를 전하며 이 곳을 추억할 수 있는 분들을 비롯하여 마음속 어느 풍경을 떠올린 분들에게 작은 위로가 되길 바랍니다.

2020년 가을 어느 오후.

김 민 정

도시속의 섬 21x15cm 종이에수채 2017

※ 이 장의 모든 그림은 '도시속의 섬'이라는 제목하에 제작되었으며, 작품정보 또한 동일합니다.

도시속의 섬

#1
초현실적 풍경

나는 처음 이곳으로 향할 때 기대했던 **풍경**을 찾아 좁은 골목을 이리저리 돌아다니며 멀리 보이는 공사 중인 아파트의 모습을 쫓아갔다. 사실 그 건물은 **워낙 커서** 마을 어디에서도 쉽게 찾아볼 수 있었다. 그러나 내 머릿속에는 **그것과는 좀 다른** 어떠한 장면이 있었다. 완벽한 대조와 병치. 마을의 허름한 골목 풍경과 공사 중인 거대한 콘크리트 덩어리의 묘한 동질성을 가진 대조.

어느새 추적추적 내리는 비에 우산을 받쳐가며 아기자기하고 발랄한 색감의 그림이 그려진 스토리텔링 벽화를 따라 걷고 있었다. 드디어 내가 **바라보게 된** 풍경이 머릿속 장면과 거의 일치해왔다. 그것은 마치 초현실주의 그림의 '데페이즈망 기법'*처럼 리얼하면서도 기이했다. 일 점 투시의 낡고 오래된, 그리고 그 침침함을 덮기 위해 색색의 벽화가 그려진 골목을 배경으로 파란 하늘이 있어야 할 부분에 회색빛 콘크리트 덩어리와 그 안을 촘촘하게 메운 창문들이 나란히 보였다. 그것은 대조적이면서도 어느 것 하나 우위에 있지 않은 현실의 매축지 풍경이었다.

---

*　데페이즈망 [dépaysement] : '추방하는 것'이란 뜻. 일상적인 관계에서 사물을 추방하여 이상한 관계에 두는 것을 뜻함. 있어서는 안 될 곳에 물건이 있는 표현을 의미한다.

#2
지도

    부족한 나의 방향감각 때문인지 마을 입구에 그려진 마을 지도를 보며 특정 장소를 찾아가기란 쉬운 일이 아니었다. 마을에서 가장 큰 건물인 제자로교회 앞 직선도로에서 그 뒤쪽으로는 **촘촘한** 좁은 골목길과 적당히 넓은 골목길들이 펼쳐져 있었다.

마을 둘레를 따라 차가 다니는 넓은 도로가 나 있
고 마을 안쪽에는 **논두렁처럼** 격자로 좁은 골목들
이 형성되어 있는데 한두 번 둘러보는 것만으로는 방
향과 위치를 파악하기가 쉽지 않아 보였다.

마치

미로 찾기를 하는 기분이다.

#3
범오굴다리

뙤약볕이 내리쬐는 어느 여름.

　지난 답사에서 가보지 못했던 범오굴다리, 정다방을 찾아 여느 때와 같이 **좌천역 2번 출구**로 나와 철길을 건너 마을 입구에 도착하였다. 기본적으로 안정주의를 추구하는 나는 가던 길, 가던 가게, 먹어본 메뉴, 혹은 누군가가 추천한 메뉴나 장소를 따르는 편인데, 매축지마을의 미로같이 이어지는 골목길은 나의 이러한 성향을 잊고 매번 새로운 길을 찾아 발걸음을 옮기게 하였다. 범오굴다리에 가보지 못한 것도 **늘 익숙한 길**로만 마을을 찾았기 때문이리라.

철길을 건너 내려온 입구에서 가
장 가까운 쪽의 좁고 쭉 뻗은 길을 따
라서 무작정 걸어갔다. 내심 '밤에는
이런 길을 다닐 수 있을까?'라는 생각
을 하며 길의 끝까지 가보니 '자성로
지하도'라고 이름 붙여진 큰 터널 두
개가 보였다. 예전에는 여기에 철길
이 지나던 곳이었으며 지도에서 찾던
그 '범오굴다리' 이기도 했다.

굴다리를 지나 맞은편으로 보이는 집들도 매축지 마을의 모습과 크게 달라 보이진 않았지만 시장처럼 아주머니들이 나와 앉아 노점을 운영하고 있었고, 더운 날씨 때문인지 그늘이 지는 선선한 골목길 앞에는 더위를 식히며 앉아 계시는 어르신들도 보였다.

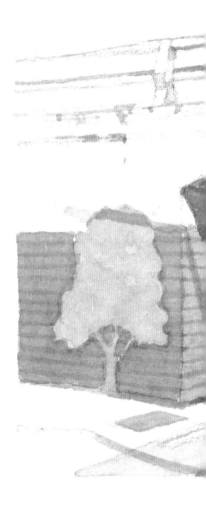

길을 따라가면 진시장까지 이어진다는 아주머니의 말에 작은 모험심이 발동하여 '가볼까?'라는 생각도 잠시 스쳤지만 너무 더운 날씨 탓에 다음으로 미루고 다시 굴다리를 지나 제일 가까운 길로 꺾고 보니 익숙한 매축지마을의 거리가 나왔다.

#4
정다방

마을 지도 속의 정다방을 찾기 위해 이리저리 **헤매다** 결국 찾지 못하고 제자로교회 앞 작은 카페로 들어갔다. 커피를 한잔 주문하고 가게 아주머니께 마을 지도를 보여드리며 정다방의 위치를 물어봤지만 모르시는 눈치였다. 그때, 뒤쪽 테이블에 앉아있던 마을 주민처럼 보이는 아저씨 두 분이 어디를 찾고 있냐며 말을 거셨다. 나는 **관광객처럼** 지도를 펼쳐 보이며 정다방의 위치를 가리켰고, 그중 한 분이 약간 어눌한 말투로 어디 어디로 가면 된다고 말씀해주셨다. 나는 시간이 얼마 남지 않아 다음에 찾아가 볼 생각으로 '아, 네네' 하고 서둘러 대답하곤 자리를 잡고 시원한 커피로 목을 축였다. 아저씨들은 혼자 지도를 펴들고 매축지마을을 찾아다니는 내가 보기 좋으셨는지 이렇게 오랜 세월을 간직한 동네는 없다며 개발보다 차라리 관광지로 발전시켜야 한다고 말씀하셨다. 조금 뒤 아저씨들은 카페를 나가면서 한 번 더 정다방의 위치를 손짓을 곁들여 친절히 알려주시곤 가셨다.

#5
마당

마당과 베란다가
없는 집들이지만
그 어떤 집보다도
화분이 많이 놓여 있다.
작은 꽃 화분부터
집을 덮어버릴 듯한
큰 나무까지….
각종 식물이 놓인 골목은
마당이 되고 베란다가 되고
또 자연스러운
울타리가 된다.

#6
고양이

고양이가 마을 골목길을 어슬렁어슬렁 걸어간다.

사람이 같이 걸어가도 빠르게 이동하거나

숨지 않는다.

그저 **자기의 길을 갈 뿐**이다.

매축지마을의 고양이들은 마을주민들과 유대감이 깊게 형성되어 있음이 느껴진다.

골목을 헤매다 보면 고양이들의 밥을 챙겨주는 할머니, 집 앞 잡동사니 위에서 **심드렁히** 자고 있는 고양이들을 만나는 게 어렵지 않다.

#7
매축지 문화원

입구 유리문 앞에 '무더위 쉼터'라는 안내판이 보였다.

마치 사막에서 **오아시스**를 발견한 기분으로 매축지문화원에 들어갔다. 문화원에서 근무하는 언니에게 인사 대신 지친 표정으로 '날씨가 너무 덥네요'라고 말을 건네자마자 에어컨을 **빵빵**하게 틀어주시곤 안과 밖을 들락거리며 볼일을 보셨다. 때마침 마을 할머니들이 계시지 않아 비어있었고 또 두 번째로 찾는 곳이기에, 나는 조금은 능청스럽고 편하게 교육용 책상 앞에 앉아 시원한 정수기 물을 두 잔 연달아 마셨다.

문화원에서 일하는 언니는 겨우 두 번째 만났지만 왠지 여기에서는 오랜만에 만난 **친구처럼** 반가운 느낌이었다. 아마 이곳에서 비슷한 또래를 그것도 두 번씩이나 만난다는 게 흔하지 않은 일이기 때문일지도 모르겠다. 그때는 여기에서 일을 한 지 2주밖에 안 되어 마을에 대해서 잘 모른다고 했던 기억이 나는데 지금은 한 달이 좀 지났다며 마을 사람들이 정말 좋다는 얘기를 비롯해 많은 것을 알려주었다. 그런데 얼마 전 동사무소에서 매축지문화원이 있는 이 구역을 올해 12월 이후 철거할 예정이라는 소식을 들었단다. 나는 갑작스러운 소식에 어리둥절한 표정으로 **"예? 진짜? 어떻게?"** 라는 짧고 황망한 물음만을 던졌다. 일단 마을의 일부 구역부터 순차적으로 철거에 들어가는 것 같다는데 자세한 내용은 잘 모른다고 하였다. 그리고 마을 주민 중에서도 아직 이 사실을 잘 모르시는 분들이 있다고 하였다.

최근 재개발되고 있는 문현동, 광안리, 대연동, 초
량, 온천동의 오래된 주택 지역처럼 이곳 매축지마을
도 그렇게 사라지겠구나 싶어 마음이 착잡했다. 이렇
게 쉽게 없앨 거면서 골목골목 아름다운 벽화는 왜 그
렸으며, 유명 영화 촬영지마다 그곳을 설명하는 알림
판은 왜 세웠으며, 불과 얼마 전까지 다큐멘터리 프로
그램에서 보였던 정 많은 어르신들과 마을 모습들은
또 왜 소개를 한 걸까!

이렇게 쉽게 없어질 거면….

#8
지도 제작

매축지마을에 처음 방문했을 때의 막연함, 어디로 가야 할지 모를 막막함을 덜어보기 위해 나는 이곳의 지도를 그려보기로 마음먹었다. 그리고 한두 차례 답사 횟수가 늘어나면서 마을의 전체 형태와 골목길의 방향, 가게들의 위치가 **서서히** 몸으로 체득됨을 느꼈다. 물론 100%는 아니겠지만. 나는 다음번 답사 이전에 내가 아는 한 매축지마을의 지도를 대략적으로 그려보기로 했다.

기존의 마을 지도는 큰길 위주의 애매한 지점표현이 길을 찾는 데 어려움을 줬기에 인터넷에서 검색한 지도를 같이 펼쳐 들고 먼저 길을 그려보기 시작했다. 지도상에 표현된 좁은 골목길까지 모두 그릴 수는 없었지만 최대한 구체적이고 정확한 선을 그어나갔다. 마을 전체를 관통하는 넓은 길부터 뼈대를 잡고 그

사이사이 연결되는 지점들을 이어나갔다. 그리고 지도상에 표시되지 않은 가게 이름들은 이전에 만들어진 마을 지도와 경험을 살려 표시했다.

  몇 장의 종이에 스케치를 거듭한 끝에 나는 철길을 건너서 마을에 도착했을 때 가장 먼저 보이는 두산위브아파트와 제자로교회 앞 큰 도로에 서서 뒤쪽으로 마을을 바라보는 시점으로 지도를 완성할 수 있었다. 이는 이전에 만들어진 지도와는 **보는 방향이 다르지만** 적어도 내가 느끼기에는 길이나 방향의 인식이 훨씬 쉽게 느껴졌다. 그리고 답사를 통해 미리 그려온 지도와 실제 위치를 비교, 수정, 첨가하는 작업을 거쳐 정리하자 비로소 나는 마을을 조금 더 알게 된 듯한 느낌을 받았다.

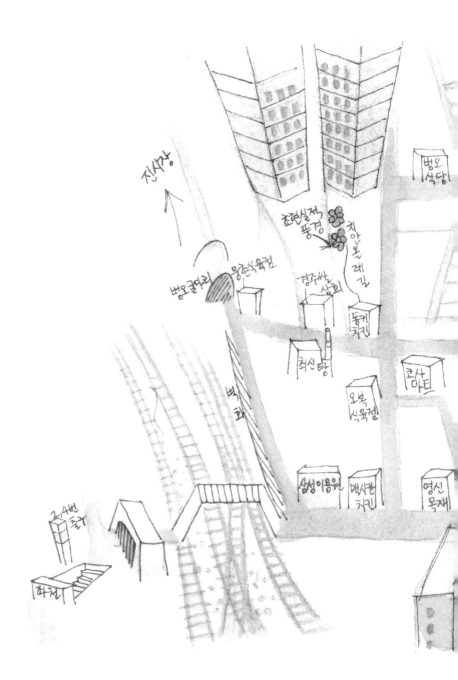

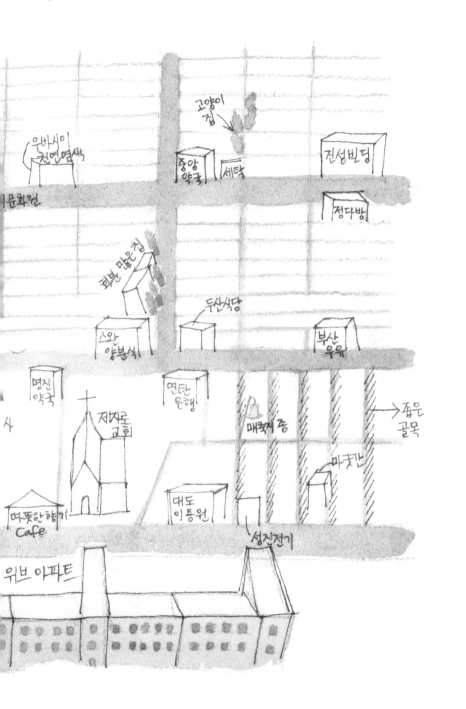

#9
범일5동 주민센터

봄의 불청객이라 생각했던 황사나 미세먼지가 무 겁게 내려앉은 가을.

범일5동 주민센터에서 매축지마을 드로잉작업과 관련하여 매축지문화원 공간 대관에 대해 이것저것 이야기를 나눈 후 돌아 나오며 머리가 복잡했다. 나 는 지난번 들었던 매축지마을의 철거에 대하여 직원 분께 다시 물어보았고 정확한 시기는 모르지만 내년 쯤 마을 일부가 철거되고 **아파트**가 지어질 예정이 라는 아주 빤한 말을 들었다. 그리고는 자연스럽게 싹 쓸이되어 없어질 마을에 대한 아쉬움을 표현하며 좀 **더 나은 방향의 마을재생은 없는 걸까** 하 는 의문을 던졌다.

직원분이 말하길 마을의 할머니, 할아버지들 중에
서도 타지 사람들이 찾아오는 것을 반기는 분들도 계
시지만 자기네 치부 같은 삶의 단편을 구경거리로 여
기는 사람들 때문에 가끔 민원도 들어온다고 하셨다.
그리고 지난번 폭우 때에도 이곳은 지대가 낮아 피해
가 이만저만이 아니었다고도. 그런 것을 보면 얼른
재개발이 되었으면 좋겠다고 말씀하셨다.

맞는 말이다. 오래되어서 허름하고 불안한 집들, 그리고 곳곳의 빈집과 좁고 어두운 골목 때문에 치안이 걱정되는 곳들, 멀쩡한 편의시설도 하나 없는 동네를 이곳에 살아보지도 않은 내가 무슨 자격으로 개발을 안타까워한다는 걸까. 그건 마치 도시의 현대식 주거환경과 삶의 방식에 익숙한 사람이 단지 오래된 것에 대한 향수로 배부른 소리 하는 느낌이었다. 정작 나는 그곳에 사는 할머니, 할아버지들이 어떠한 입장인지도 잘 알지 못한다. 만덕이나 온천동의 일부 주민들처럼 반대하며 저항하는 것도 아니었다.

그래도 꼭
아파트여야 할까.

後記
도시속의 섬 - 매축지 마을

　　정확히 어떻게 그곳에 찾아가게 되었는지는 잘 기억나지 않는다. 그 무렵 나는 부산진시장 근처에서 신축되고 있던 거대한 아파트를 그리기 위해 진시장에서 부산진역으로 연결되는 고가도로 위를 서성이고 있었고, 고가도로 위에서 바라본 공사 중인 **거대한 아파트 건물과 주변 낡은 집들**의 대조적인 풍경에 흥미를 가지고 있었다. 그것은 마치 전포동의 주택들 사이로 비집고 솟아오르던 국제금융센터를 처음 보았을 때와 비슷한 느낌이었다. 그 무렵 라디오에서는 종종 부산의 '옛 마을' 또는 '문화마을'로 둔갑한 여러 '마을'에 대해 소개하는 공익광고가 자주 방송되었다.

'부산에는 아름다운 마을들이 있습니다.'

'매축지마을, 흰여울마을, 비석마을, 감천문화마을…'

일명 '문화도시 부산'이라는 슬로건을 강조하기 위한 방송이었는데, 늘상 듣기만 하다가 어느 날 문득 '매축지마을'이 궁금해졌다. 다른 마을들은 모두 가봤거나 가보지 않았더라도 이름이나마 들어 본 곳들이었는데, '매축지마을'이란 지명은 도통 생소했기 때문이다. 인터넷으로 '매축지마을'을 검색해 보았다. 놀랍게도 그곳에서라면, 내가 그리고 싶었던 진시장 근처의 공사 중인 아파트 모습을 다르게 볼 수 있을 것 같았다.

그 뒤로 자주 카메라를 메고 좌천역 2번 출구로 나와 '매축지마을'을 찾아가게 되었다. 사실 그곳은 내가 집에서 작업실로 가기 위해 버스나 차를 타고 늘 지나는 길에 위치하고 있었다. 그러나 차들은 주로 고가도로 위로 다녔기 때문에 상대적으로 지대가 낮은 마을의 모습은 도시 풍경에서는 쉽게 찾아보기 힘들었던 것이었다.

그야말로 그곳은 '도시속의 섬'이었다.

흔히 시간이 멈춘 곳이라고도 했다. 여타의 유명한 영화 속의 뒷골목, 허름한 동네를 촬영한 곳이기도 했다. 정말이지 그곳은 영화의 소재나 배경으로 쓰기에 딱 좋을 만큼, 과거의 때 묻고 가난했던, 그래서 연민이 느껴지는 우리네 옛 모습을 잘 간직하고 있었다. 그곳은 시간이 멈춘 곳이라기보다는 시간이 비껴간, 그리고 어느 정도는 방치된 풍경이었다.

사라지는 집

'사라지는 집'은 부산 온천장 재개발 지역의 집들을
기록한 작업이다.

　오랜 시간 누군가에게 따뜻한 위안이 되었을 집들
은 이제 '공가(空家)'라는 낙인이 찍힌 채 철거만을
기다리고 있었다. 오래된 간판, 빛바랜 기와지붕, 집
과 함께 살아온 나무 등 어느 하나도 같은 풍경 없는
집의 모습을 오롯이 담아내고 싶었다.

금강로131번다길 1 종이에 수채 30x40cm 2019

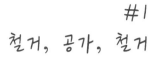

#1
철거, 공가, 철거

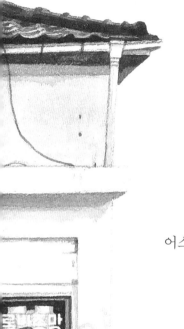

어스름한 저녁, 텅 빈 동네에 스프레이를 든
사내들이 마치 그라피티 아티스트인 양
키득거리며 예술성을 발휘한다.

'철 거' '공 가' '철 거'

금강로151번길 47 종이에 수채 30x40cm 2019

'철'과 '거' 사이에 우스꽝스러운 해골까지 그려가며 신나게 글자를 **휘갈긴다.** 정확히 언제 그렸을지 모를 글자를 보며 나는 자연스레 글자가 쓰이는 상황을 상상했다. 해골이라니... 무슨 의미일까. '이 집들은 곧 다 (죽어) 없어져 버린다'는 뜻일까. 무언가 죽거나 사라진다면 명복을 빌며 애도하는 것이 상식인데 붉은 글자들은 춤을 추듯 즐거워 보였다. 그것을 보는 나는 마음이 꺼림칙했다.

얼마 뒤 새빨간 글자와 해골들은 아이보리색 페인트로 지워졌고 그 위에 다시 파란색 스프레이로 '공가'라는 글자가 반듯하게 적혀 있었다.

#2
은천 4 재개발구역

온천장은 대학시절 **51번 버스**를 타고 집에서 학교까지 가는 길에 지나던 동네였다. 학교 앞이 고등학생과 대학생의 놀이터라면, 온천장은 그보다 나이대가 많은 어른들의 놀이터 같은 느낌이랄까...

금강로131번길 28 종이에 수채 30x40cm 2019

금강로123번길 32 종이에 수채 40x30cm 2019

각종 횟집, 술집, 숙박시설이 밀집한 곳이었고 나는 그저 친구들과 몇 번 술 마시러 가본 것이 전부였다.

그런 온천장에서 최근 이삼 년 전부터 몇몇 작가가 리서치를 한다는 이야기가 들려왔다. 부산대학교 후문 쪽부터 하나둘 고층 아파트가 들어서기 시작하던 재개발의 물결이 이곳 온천장까지 다다른 것이었다. 작년 겨울 원주민이 절반 이상 떠나고 마을이 텅 비어갈 무렵 나는 처음으로 이 동네와 마주하였다.

'온천 4 재개발구역'이란 곳이었다.

금강로131번다길 15 종이에 수채 30x40cm 2019

동래별장 뒤로 식물원이 있는 산복도로까지 이어
지는 넓은 지역에 주택과 빌라가 밀집해 있었다. 나는
이전까지 온천장에 이렇게 많은 주거지가 있었는지
몰랐다. 눈에 띄는 점은 허름하고 오래된 주택도 있는
반면에 멀끔하고 큰 저택도 많이 섞여 있는 것이었다.
그리고 그중에는 그냥 사라지기엔 아까운, 집주인의
애정이 한껏 묻어 있는 집들도 보였다.

금강로123번길 40 종이에 수채 30x40cm 2019

여느 동네와 마찬가지로 집과 집 사이 골목이 미로
처럼 이어져 몇 번을 가보고야 길에 조금 익숙해졌다.
나는 동네를 다니며 저마다의 주택 풍경에 관심을 가
지게 되었고 동네가 모두 사라지기 전에 집(공가)의
모습들을 수채화로 기록하기 시작했다.

금강로165번길 38-1 종이에 수채 30x40cm 2019

#3
주택에 대한 로망

금강로145번길 30 종이에 수채 30x40cm 2019

어릴 적 나는 주택에 사는 친구들이 부러웠다.

검푸른 철제 대문을 지나 이층으로 올라가는 계단과, 계단에 올라서면 펼쳐지는 좁다란 베란다, 이름을 알지 못하는 식물들, 그리고 올려다 보이는 파란 하늘과 시원한 공기까지... 그중에서도 특히 좁은 골목이 연상되는 베란다의 통로 공간과 계단을 좋아했던 것 같다. 어떤 친구의 집은 일층 실내 공간에서 계단으로 이층 공간이 이어졌는데 아파트에 살던 나는 집 안에 있는 **그 계단**이 매력적으로 느껴졌다. 계단은 진한 갈색 나무로 윤기가 반지르르했고 난간에는 동그란 구 형태의 기둥 장식이 있었다.

공가

금강로131번나길 30 종이에 수채 40x30cm 2019

나는 또한 등굣길 동네 골목을 걸으며 길 양옆으로 늘어선 주택 구경하기를 좋아했다. 담벼락 밖으로 가지를 뻗은 **석류나무**를 보며 입맛을 다시고 어쩌다 문틈으로 겨우 보이는 남의 집 마당과 잔디밭을 구경하며 등굣길을 지루하지 않게 걸어 다녔다. 그러한 주택에 대한 로망을 마음 한구석에 가진 채 온천장 재개발 지역의 집들을 바라보았다. 주인 없는 텅 빈 집들을 마음껏 바라보며 내 것도 아닌데 아까워했다. 그리고 '공가'라는 글씨 외에 내 눈에는 마냥 예쁘고 좋아 보였던 집의 모습을 함께 그렸다.

#4

금강로131번나길 10-3,10-5 종이에 수채 30x40cm 2019

'나와 같은 반이었던 친구가 옆집에 살았어요.
우리는 매일 등하교를 같이했고
집과 집 사이에 있는
통로 같은 난간에서 만나
자주 놀곤 했어요.'

'이 집을 떠올리면 제일 먼저
무화과나무가 생각나요.
무화과가 아주 맛있었어요.'

#5

'나무하고 꽃 피는 거 이야기하는 게 좋아.'

'담장에 아이비가 자라서 여름 되면

돌담이 파래지고 가을 되면 단풍이 들어서

참 예뻐.'

'그림으로 보니까 그리워.

아쉽기도 하고...'

금강로123번길 62 종이에 수채 30x40cm 2019

#6
'엄마, 왜 산으로 이사 가요?'

내가 유치원 다닐 때부터 대학을 졸업할 때까지 우리 가족은 광안동의 오 층짜리 맨션아파트에 살았다. 맨션아파트지만 1차, 2차로 나뉘어 단지가 꽤 큰 편이었고 단지 안에 잉어가 사는 큰 연못과 두 개의 놀이터가 있었다. 봄이 되어 거리의 벚꽃이 질 때쯤엔 아파트 안에 겹벚꽃이 줄지어 피었고 진분홍의 **꽃잎이 눈처럼** 흩날리면 바닥과 자동차 위에 수북이 쌓였던 게 기억에 남는다.

우리 아파트 바로 옆에는 두 개의 다른 맨션아파트 단지가 나란히 붙어 있었다. 아파트 단지 사이에는 철제 울타리가 있었는데 울타리 기둥이 하나 부러진 개구멍을 통해 아파트를 오가며 놀기도 했다. 초등학교 시절 많은 친구들이 이 세 개의 맨션아파트에 살고 있었고 **등굣길**에 걷다 보면 자연스럽게 친구들을 만났다가 헤어지곤 했다. 그러다 같은 동네에 살던 친구들이 하나둘 학교 뒤쪽 새로 지어진 고층 아파트로, 일부는 해운대 신시가지로 이사를 갔다. 생각해보니 처음엔 많은 친구들이 같은 아파트 단지에 살았는데 시간이 흐르며 어디론가 흩어졌고 나는 같은 자리에서 대학교를 졸업할 때까지 버스와 지하철을 타고 등굣길을 반복했다.

그 사이 우리 아파트에도 재건축 승인이란 내용의 현수막이 붙었다 떨어지기를 반복했다. 당시에는 재건축이나 재개발이 무엇인지 관심도 없었고 구체적으로 어떤 상황인지도 모른 채 그저 '**환영**'이나 '**축**'이란 현수막의 글자만 보고 좋은 의미라고만 생각했다. 어머니는 재건축이 되려면 십 년은 걸린다고 말씀하셨고 얼마 뒤 우리는 맨션아파트를 떠나 지금의 대연동 아파트로 이사 오게 되었다.

이사 온 집은 시내에서 조금 떨어진 산 중턱에 위치해 동네를 벗어나 어디로 가려면 꼭 **마을버스**를 타야 했다. 엘리베이터가 있는 고층아파트였고 일층 출입문은 비밀번호를 입력해야 들어갈 수 있었다. 하나의 장점이라면 동네가 이미 산 중턱에 위치해 있어 아파트 내 산책로를 통해 한 시간 반이면 산 정상에 도착할 수 있는 것이었다. 처음 이사 올 때는 아무 생각 없이 왜 산으로 이사 가냐며 투덜거렸지만 그렇게 이사 온 대연동 아파트에 산 지도 어느덧 십 년이 흘렀다. 이제 마을버스를 타는 건 아무렇지 않은 일상이 되었고 오히려 버스정류장이 아파트 바로 앞에 있어 전보다 다니는 것이 편하게 느껴지게 되었다.

금강로145번길 61 종이에 수채 30x40cm 2019

이전에 살던 맨션아파트는 근처 두 개의 단지와 함께 모두 철거되었고 지금은 유명 브랜드의 고층 아파트로 새롭게 지어져 입주를 앞두고 있다.

나는 가끔 옛 동네를 지날 때면 변한 풍경과 그대로인 풍경을 찾으며 어린 시절을 회상하곤 한다. 너무나 반가우면서도 많이 변해버린 모습에 생경함을 느끼며...

금강로131번가길 7 종이위에 수채 30x40cm 2019

#7
사라지는 것들

생명이 있든 없든 세상 대부분의 것은 변화하거나 사라지기 마련이다. 플라스틱이나 비닐처럼 사라지지 않는 것이 오히려 더 심각한 문제이듯 **변화란** 시간의 흐름에 따른 당연한 이치이거늘 나는 왜 그렇게 사라지는 풍경들을 안타깝게 바라보는 걸까. 심지어 나와 관계없는 타인의 집과 동네인데 말이다. 오래된 동네를 기록하거나 세월의 흔적이 남아있는 풍경을 바라보며 정겨움을 느낄 때마다 마음 한구석에 의심의 물음표가 함께 떠다녔다.

나 자신은 현대적인 편리함과 깨끗함을 추구하면서 오래되고 낡은 풍경을 소비하는 건 아닐까. 타인의 가난과 불편함을 위선적인 태도로 관망하는 건 아닐까. 어떤 상황도 바꾸거나 나아지게 할 수 없으면서 작업의 소재로 이용하는 건 아닐까... 적당한 거리를 두고 바라보는 **나의 시선**은 때때로 불편하고 불투명하게 느껴졌다. 그렇다고 그 속으로 뛰어 들어갈 자신도 없었다. 지금도 물음표들은 명쾌한 답을 찾지 못했다.

금강로153번길 20 종이에 수채 30x40cm 2019

그래도 세상 대부분의 것이 시간이 지남에 따라 노화되고 사라지지만 각각의 수명과 상황을 존중하지 않고 금전적인 이유만으로 없애 버리는 것은 잘못되었다고 생각한다. 여러 가지 해결법을 탐구하지 않고 **싹** 다 갈아엎어 버리는 재개발의 방식이 너무나 팽배해져서 보편화되어 있는 것도 문제다.

우장춘로162번길 27 종이에 수채 30x40cm 2019

각자의 속도에 맞게 살아가게 두지 않고 뭉뚱그려 없애는 방식 때문에 자연스레 우리는 '**레트로**'를 소비하게 된 것이 아닐까. 생을 다 살지 못하고 타의에 의해 없어지는 것을 보며 안타까워해야 하는 것은 어쩌면 당연한 일이다.

#8
텅 빈 동네를 다니는 사람들

주민들이 거의 떠나고 텅 빈 동네를 걷다 보면 **어디엔가** 머물고 있다가 재빠르게 도망가는 길고양이들을 자주 만났다. 길가에, 자동차 옆에, 지붕 위에 동그랗게 몸을 웅크리고 쉬다가 인기척이 들리면 후다닥 도망가 버린다. 사람들이 살진 않지만 고양이가 보이는 곳 주변에는 물그릇과 밥그릇이 놓여 있었다.

우장춘로162번길 31 종이에 수채 30x40cm 2019

텅 빈 동네를 리서치하는 작가들처럼 누군가 끊임없이 동네를 돌며 길고양이들을 살뜰히 챙기는 흔적이었다. 재개발 지역에서 길고양이를 구조하는 일에 동참하기 전까진 주변에 캣맘과 캣대디가 이렇게 많은 줄 몰랐다.

그들은 자기 일을 하면서 **묵묵히** 일정한 구역의 고양이에게 밥을 주고 있었다. 누가 시키지도 않은 일이지만 일상적으로 반복하는 것을 보며 정말 대단하단 생각이 들었다.

금강로151번길 45 종이에 수채 30x40cm 2019

금강로123번길 40-1 종이에 수채 30x40cm 2019

금강로153번길 15 종이에 수채 30x40cm 2019

몇 해 전 파리에서 잠깐 레지던시 생활을 했을 때
도 집주인이었던 마담이 아침저녁으로 공원에 고양
이밥을 주러 다니던 기억이 났다. 우리가 처음 파리에
도착한 날 그녀는 집 근처 하수구에서 다리를 다친 새
끼 고양이를 구조한 이야기를 들려주었고 이후 정성
으로 돌보고 재활시키기도 하였다.

나는 그때 당시 캣맘인 그녀가 조금 특별하다고 생각했었다. 그러나 특별하다고 생각했던 **캣맘**은 우리 주변에 얼굴을 드러내지 않은 채 생각보다 많이 존재했다. 나름대로 그들만의 커뮤니티가 있었고 서로 정보를 교환하며 활동하고 있었다. 온천장 재개발구역에도 고양이를 사랑하는 많은 사람들이 마지막 남은 고양이들을 구조하고 치료하기 위해 애쓰고 있다.

금강로145번길 57-2 종이에 수채 30x40cm 2019

재개발 지역의 고양이들은 깨진 유리 조각이나 폐기물 사이에서 다치기 쉽고 공사가 시작되면 도망가지 못하고 죽는 경우가 많기 때문이다. 사람들도 떠나고 아무도 신경 쓰지 않는 그곳에서 작은 생명들을 살리기 위해 고군분투하는 걸 보고 있으면 마음에 빚이 쌓인다. 역시나 적극적으로 뛰어들지 못하고 지켜보는 것은 미안하고 괴롭다. 그저 그들의 작업이 **무탈하길** 바라며 오늘도 마음으로 그들의 노고에 박수를 보낸다.

금강로151번길 48-1 종이에 수채 30x40cm 2019

금강로153번길 12 종이에 수채 30x40cm 2019

금강로165번길 20 종이에 수채 30x40cm 2019

後記
집의 기억과 사각지는 집
- 은전장 재개발 지역

  스스로 기억하진 못하지만, 나도 딱 한 번 주택에 살았던 적이 있다고 했다.

  내가 태어나고 세 살 때까지 우리 가족은 영주동에 있는 자그마한 주택 이층에 살았다. 그 집은 어머니, 아버지가 영도의 할머니 집에서 나와 처음으로 독립해 보금자리를 이룬 곳이었다. 이층으로 올라가는 계단에 앉아 있는 사진, 담벼락 밑 화단에서 꽃을 보고 있는 사진, 베란다에서 출근하시는 아버지와 뽀뽀하는 사진, 벽지가 아닌 짙은 나무로 된 실내에서 말타기를 하고 있는 사진 등을 통해 그 집에 베란다가 있었고 화분이 있었고 계단이 있었음을 알게 되었다. 우리 가족은 지금도 가끔 영주동을 지나며 우리가 살았던 그 집이 잘 있는지 확인하고 산복도로에서 동네를 내려다보며 그 시절을 회상하곤 한다.

'사리지는 집' 시리즈를 작업하는 동안 나는 어렸을 적부터 경험했던 누군가의 집(주택)들을 떠올리곤 했다. 몇 번의 주택을 경험하게 해 준 대신동 외할머니 집, 한 집에서 오랫동안 쭉 사셨던 영도의 할머니 집, 유치원에 같이 다닌 동생의 마당이 넓은 집, 도서관 옥상에서 쉴 때마다 유심히 바라본 대저택의 풍경, 그리고 이름 모를 그 누군가의 집까지...

　온천장 재개발 지역의 집들은 모두 사라지겠지만 그림 속의 집은 어느 도시, 어느 동네에도 있을 법한 평범한 집이며 우리의 경험 속에서 한 번쯤은 만나봤을 집이라 생각한다. 그리고 집과 동네에 대한 저마다의 경험은 복잡하게 얽혀있는 잔가지처럼 다양한 감정과 추억을 담고 있을 것이다. '공가'라는 말이 때론 절망스럽고 공허하더라도 나는 '공가'라는 빈자리가 그림을 마주하는 많은 이들의 다채로운 이야기로 애틋하게 채워지길 바란다.

김 민 정

부산에서 나고 자랐으며 부산의 도시풍경 중에서도 주거와 관련된 사람들의 삶에 관심을 가지고 작업하고 있습니다. 대규모 아파트 단지의 개발로 인해 순식간에 변화하는 일상의 단면을 수채화, 유화로 그려내어 쉽게 사라져가는 기억과 풍경을 사람들과 공유하고자 합니다. 부산 매축지마을, 감만1동, 영도 봉산마을, 온천1동의 오래된 집과 골목을 걷고 그렸습니다.

"세상 모든 것에 감탄하는 지혜로운 사람들의 공간"
도서출판 호밀밭

어딘가에 있는,
어디에도 없는

지은이	김민정
초판 1쇄	2020년 11월 16일
편집	박정오, 임명선
디자인	전혜정 책임디자인, 최효선
마케팅	최문섭
종이	세종페이퍼
제작	영신사

펴낸이	장현정
펴낸곳	호밀밭
등록	2008년 11월 12일(제338-2008-6호)
주소	부산 수영구 광안해변로 294번길 24 B1F 생각하는 바다
전화, 팩스	070-7701-4675, 0505-510-4675
전자우편	anri@homilbooks.com

Published in Korea by Homilbooks Publishing Co, Busan.
Registration No. 338-2008-6.
First press export edition November, 2020.
Author Kim, Min Jung
ISBN 979-11-90971-11-9 03810

이 도서의 국립중앙도서관 출판예정도서목록(CIP)은 서지정보유통지원
시스템 홈페이지(http://seoji.nl.go.kr)와 국가자료종합목록 구축시스템
(http://kolis-net.nl.go.kr)에서 이용하실 수 있습니다. (CIP제어번호 :
CIP2020048303)